LA RÉVOLUTION

POÈME

Par Constant HILBEY.

GENÈVE
IMPRIMERIE ET LITHOGRAPHIE VANEY, RUE DU RHONE, 52.

CONSTANT HILBEY

d'après une photographie faite en 1865

LA RÉVOLUTION

POÈME

Par Constant HILBEY.

CHANT PREMIER

GENÈVE

IMPRIMERIE ET LITHOGRAPHIE VANEY, RUE DU RHÔNE, 52

Février 1865

LA RÉVOLUTION

CHANT PREMIER

Je chante ces héros, premiers dans l'univers,
Qui du peuple français ont su briser les fers ;
Travaillant pour autrui, mais s'oubliant eux-mêmes,
Ils ont des nations reçu les anathèmes.
Leur gloire fut ternie, et le peuple français,
En maudissant leur nom, jouit de leurs bienfaits.

Puisse l'histoire apprendre à l'Europe égarée
Par quels moyens secrets, dans les cœurs infiltrée,
La calomnie a fait des objets odieux
Des mortels les plus grands et les plus généreux.
Il faut, il en est temps, il faut que la justice
Confonde des pervers le honteux artifice,

Tandis qu'aux dieux du jour on prodigue le bruit,

Ses travaux étouffés se perdent dans la nuit.

Oh! combien d'écrivains, illustres plagiaires [1],

En maudissant son nom et niant ses lumières,

1. Il n'est pas étonnant, du reste, qu'on ait pillé les écrits d'un homme de mérite qu'on voulait étouffer, quand des écrivains, des orateurs en vogue ne dédaignent pas d'emprunter à l'auteur de ces vers. Ainsi, dans la séance du Corps législatif du 5 février 1863, M. Emile Ollivier a terminé son discours par les paroles suivantes :

« **Mais quels sont les vrais coupables des** » **révolutions? Ce ne sont pas ceux qui les** » **accomplissent, mais ceux qui, par leur ré-** » **sistance obstinée, les rendent nécessaires.** » (*Journaux du 6 et du 7 février 1863.*)

Or, voici ce qu'on lit dans une brochure publiée à Paris en novembre 1846, intitulée : *Discours de Marat au peuple,* page 2 de la **préface** *par Constant Hilbey* :

« **Ceux qui sont comptables du sang versé** » **dans les révolutions ne sont pas ceux qui** » **font les révolutions, mais ceux qui les ren-** » **dent nécessaires.** »

J'aurais sans doute laissé en paix M. Emile Ollivier, si je n'avais besoin aujourd'hui de ces paroles pour justifier le titre de ce poème. Mais je crois avoir le droit de les revendiquer après en avoir été responsable et en avoir payé si cher la paternité. C'est, en effet, au sujet de cet écrit que M. Delessert, pair de France, préfet de police, écrivait au roi Louis-Philippe, le 19 février 1847 : — « Le sieur Constant » Hilbey a, dans les mêmes circonstances (la crise des sub- » sistances), fait réimprimer le *Discours de Marat au peuple,* » extrait de l'*Ami du Peuple* du 18 septembre 1789; mais » ayant fait annoncer cet écrit incendiaire par des affiches

Ont fait de sa science une large moisson

Et doivent à lui seul la gloire de leur nom.

Mais bientôt, travaillant pour les races futures,

Sur le corps social opérant d'autres cures,

» qui contenaient un sommaire politique, je le signalai pour
» ce fait au procureur du roi. Il a été condamné le 9 du cou-
» rant, par la Cour d'assises de la Seine, à 15 jours de prison
» et 100 francs d'amende. » *(Revue rétrospective.)*

M. le comte de Viel-Castel, dont les journaux ont, l'année
dernière, annoncé la mort, a publié, dans le journal *La
France*, du 15 avril 1863, un article relatif à l'exposition de
peinture du boulevard des Italiens. — Après avoir dit : « Le
tableau qui, tout d'abord, attire les regards, est ce fameux
tableau commémoratif de la mort de Marat, que David pré-
sentait à la Convention, un mois après l'assassinat de cet *ami
du peuple*, par Charlotte Corday. »

Il ajoute plus loin : — « David, l'ami de Marat et de Robes-
pierre, ne se contenta pas de verser quelques pleurs sur le
collègue dont M. Constant Hilbey a osé dire dans sa brochure
qui a pour titre *Marat et ses calomniateurs :* « Non, jamais
homme sur la terre ne fut l'objet de tant de regrets ! » Il
lui donna les honneurs de l'apothéose, comme il les avait
donnés à Michel Lepelletier de Saint-Fargeau, en février 1793.
Il lui consacra une page dans son œuvre, et sans contredit la
plus complète, celle-là, peut-être seule qui fait concevoir ce
qu'eût été le talent de David, dégagé des préoccupations et
des influences que subissait alors toute la France, sous la
pression révolutionnaire. »

M. de Viel-Castel n'approuve pas ma manière de voir. Je
lui laisse son opinion comme il m'a laissé la responsabilité de
la mienne qu'il a citée avec loyauté, dans une occasion so-
lennelle : Soyez respecté dans la tombe, vous qui avez respecté le malheur.

A ce vieux corps pourri, rongé par le malheur,
Il voulut redonner la force, la vigueur.
Au scandale effrayant de sa mâle éloquence,
L'usurpateur enfin trembla pour sa puissance ;
L'esclave dans les fers tressaillit à sa voix,
Et se sentit un cœur pour la première fois !
— « Français ! s'écriait-t-il, ô peuple trop frivole,
Et qu'en vain le malheur instruit à son école,
La voix de la sagesse, hélas ! vous trouve sourds.
Sur le gouffre entr'ouvert, dormirez-vous toujours ?
Dans votre abaissement, dans votre honte extrême,
Gonflés de vanité, sans respect de vous-même,
Les flatteurs ont sur vous un pouvoir absolu.
Vous aimez la louange et non pas la vertu !
A de vils oppresseurs, vous donnez en pâture
Les dons les plus sacrés que vous fit la nature.
Esclaves asservis sous une inique loi,
Vous avez abjuré la dignité du Moi ! »
Redoutant sa parole et jaloux de l'abattre,
On le persécutait sans oser le combattre.
Mille obstacles dressés, mille offres, mille appâts,
Mille piéges tendus pour arrêter ses pas,
Tentèrent d'amollir ce courage invincible.

Mais il était prudent autant qu'incorruptible.

« De vos trésors, dit-il, je ne suis point jaloux ;

Restituez ces biens qui ne sont pas à vous.

De quel droit, par quel titre en êtes-vous les maîtres?

Du droit de vos forfaits, de ceux de vos ancêtres ;

Pour avoir dépouillé, flétri le genre humain,

Tyrannisé, foulé sous des siècles d'airain !

Dans vos fausses grandeurs je vois les fruits du crime,

Et la seule grandeur à mes yeux légitime,

Est celle des vertus, de l'âme, du talent.

L'une c'est la lumière, et l'autre le néant.

Quelle est de ces mortels la ridicule audace?

Sont-ils d'un sang plus pur, sont-ils d'une autre race?

Les hommes nés égaux, dans l'état social

Leur partage est le même et leur droit est égal.

Ils doivent tous jouir sans autre différence

Que celle du travail et de l'intelligence,

De ces biens retenus en d'homicides mains,

Dont le ciel équitable a doté les humains.

Avec l'égalité, l'indépendance entière,

Au gré de ses désirs parcourant la carrière,

Libre dans ses penchants, sans opprimer autrui,

Tout homme s'appartient, ses œuvres sont à lui.

Du vice, la vertu n'est jamais solidaire,
Et du juste mortel si le juste est le frère,
Le juste est séparé du fourbe, du pervers,
Par une immensité plus vaste que les mers ! »
Ces principes posés d'un pas inexorable,
Il poursuit sans repos sa marche redoutable.
Le défenseur du faible et du juste l'appui,
Il brave les méchants soulevés contre lui.
Poussant jusqu'au transport le courage civique,
La crainte ne peut rien sur son âme héroïque.
Au-dessus des périls la cause qu'il défend,
Par sa seule grandeur l'élève triomphant !

Il existait au sein de la vieille Lutèce
Un monument hideux, antique forteresse,
Dont l'aspect menaçant au cœur portait l'effroi
Et révélait aux yeux son redoutable emploi.
Dans ses profonds caveaux, noirs et muets abimes,
L'horrible tyrannie entassait ses victimes.
L'œil effrayé lisait sur ses mornes parois
L'esclavage du peuple et les crimes des rois.
Le peuple, dans sa lutte héroïque, exemplaire,
Tourna de ce côté sa première colère,

Et par son bras vainqueur, ces abîmes ouverts
Sont donnés en spectacle aux yeux de l'univers.

Comment nombrer les traits de courage et d'audace
Qui de ce monument ont illustré la place ?
Oh ! combien d'innocents et combien de héros
Dans cette lutte altière ont trouvé leurs tombeaux !
Apparaissez ici, longs siècles de souffrance !
Il est donc arboré le signe d'espérance !
Défi que jette un peuple à tous ses oppresseurs,
De la patrie en deuil voici les défenseurs !
Le tocsin retentit comme un signal d'alarme :
Les hommes, les enfants et les femmes, tout s'arme
Pour un ministre aimé qu'on vient de leur ravir.....
Ah ! puisse-t-il du moins ne les jamais trahir !
Tout Paris est en deuil et Versailles en fête.
Ici les chants, l'ivresse, et plus loin la tempête ;
Les canons pour le peuple et l'or pour les valets ;
On mitraillait en ville, on dansait au palais !
Bientôt de flots humains les places se remplissent ;
Les cris : A la Bastille ! à l'instant retentissent.
Le peuple est refoulé dans ses premiers assauts ;
Il s'arme de canons, de piques et de faux ;

Et sous ses coups enfin l'antique forteresse,
Malgré la trahison, s'ouvre au flot qui la presse.
Jour de gloire et d'effroi ! Ces abîmes béants
Rendent à la clarté des squelettes vivants.
Du règne des tyrans sonne l'heure suprême ;
Le peuple enfin vainqueur est maître de lui-même.
Oh ! jour de délivrance et de bonheur pour tous !
Soleil ! dans ces grands jours, tes rayons sont plus doux !

Mais bientôt les vaincus, oh ! honteux artifice,
De ce peuple affranchi redoutant la justice,
Elèvent jusqu'aux cieux ses hauts faits éclatants,
Exaltent sa grandeur, lui prodiguent l'encens ; —
Et tandis qu'il sourit à ses exploits célèbres,
Un horrible complot, tramé dans les ténèbres,
Menace d'éclater sur Paris endormi,
D'effacer en horreur la Saint-Barthélemi.
Des chefs que l'on corrompt, des soldats qu'on égare,
Seront les instruments du coup qui se prépare.
Un régiment faisait son entrée à Paris,
Et de l'enthousiasme il excitait les cris ;
De la fraternité faisant voir le symbole,
La foule à son aspect partout s'empresse et vole,

Sans même soupçonner le piége criminel

Que cachait à ses yeux ce signe fraternel.

Lorsqu'un homme soudain fend la foule et s'écrie :

« Parisiens, écoutez ! Au nom de la patrie !

Ces soldats, dites-vous, viennent vous protéger ?.....

Malheureux ! ces soldats viennent vous égorger ! »

A ces mots imprévus une horrible tempête,

Menace l'inconnu de fondre sur sa tête.

C'est un traître, dit-on ; il veut nous diviser.

L'inconnu ne dit rien, les laisse s'apaiser,

Puis il reprend ensuite : «Eh ! bien, s'ils sont vos frères,

Qu'ils vous remettent donc ces armes meurtrières ! »

A ces mots, à ce ton, le commandant pâlit ;

Son embarras mortel dans son regard se lit.

Alors, de désarmer on le presse ; il refuse.

Ce trait est un éclair, il découvre la ruse.

Les imprécations se tournent contre lui ;

L'horrible vérité pour tous les yeux a lui.

La foule révoltée et lui servant d'escorte

En criant ; trahison! sans combattre l'emporte !

Ses ennemis chassés, son triomphe accompli,

Le peuple veut revoir, d'un sentiment rempli —

Le sentiment sacré de la reconnaissance —
L'auteur de son triomphe et de sa délivrance.
Mais vainement partout il cherche l'inconnu,
Sa tâche était remplie, il avait disparu.

Dans un réduit obscur, studieuse retraite,
Le sauveur disparu que la foule regrette,
Tandis que de chansons les airs vont retentir,
Pose les fondements pour un monde à venir.
D'un peuple trop léger la funeste indolence
Et de ses ennemis l'ardente vigilance,
Tout présage à ses yeux un orage prochain,
Et de l'oppression le retour trop certain.
Il tient par ses écrits les Français en haleine ;
Contre la tyrannie il ranime leur haine,
Et du législateur le pouvoir révéré
Pour la première fois est par lui censuré ;
Aux décrets oppressifs opposant son contrôle
De censeur patriote il accomplit le rôle,
Et pèse sans pitié, comme sans passion,
Tous les actes humains au poids de la raison.
Mais bientôt la raison, à ses yeux méprisée,
N'est pour les cœurs pervers qu'un objet de risée.

Ils connaissent le bien, mais c'est le mal qu'ils font.

Lors, de l'humanité le sentiment profond

Aiguise dans ses mains une arme vengeresse,

L'arme de la justice aux mains de la sagesse.

Mais oh ! douleur, — oh ! fruit d'un magnanime effort !

Le vice se comprend, les vertus sont un tort ;

L'intérêt seul est maître et gouverne la terre.

Que dit-il ? que veut-il, ce philosophe austère ?

Le peuple même, hélas ! croit-il à son amour ?

Non, non, pour l'accabler, tout doit s'unir un jour,

L'intrigant qui, buvant le sang de sa patrie,

La pousse dans l'abîme et croit l'avoir servie !

Le fourbe insatiable en ses ambitions,

Et qui fait un trafic des révolutions,

Plus vils, plus dangereux que les tyrans eux-mêmes,

Viendront jeter le doute en ces luttes suprêmes,

Et sous l'outrage enfin, par tant de voix vomi,

De ce peuple qu'il aime il sera l'ennemi !

Mais qu'importe pour lui ce que l'on dit ou pense ?

Le dévoûment n'est rien s'il a sa récompense.

Il est beau de braver des cris injurieux,

Oui, beau de délivrer un peuple malheureux !

FIN DU CHANT PREMIER